Bienvenue dans le monde des

Téa Sisters

ALBIN MICHEL JEUNESSE

Salut, c'est Téa, la sœur de Geronimo Stilton! Je suis envoyée spéciale de « l'Écho du rongeur », le journal le plus célèbre de l'île des Souris. J'adore les voyages et j'aime rencontrer des gens du monde entier, comme les Téa Sisters. Ce sont cinq amies vraiment épatantes. Je vous les présente!

Colette a une vraie passion pour le rose et c'est la fille la plus *fashion* du groupe. Toujours occupée à soigner son look, elle est sans cesse en retard!

Violet aime étudier et découvrir sans cesse de nouvelles choses. Elle aime la musique classique et rêve de devenir une grande violoniste!

Paméla mangerait sa pizza adorée même au petit déjeuner. C'est une mécanicienne accomplie. Donnez-lui un tournevis et elle vous réparera n'importe quel moteur!

PAULINA est un peu timide et brouillonne, mais aussi très altruiste. Comme elle aime voyager, elle connaît des gens de tous les pays.

Nicky est passionnée d'écologie et de nature. Elle vient d'Australie et aime la vie au grand air. Elle ne tient pas en place!

Téa Sisters

Texte de Téa Stilton.
*Basé sur une idée originale d'*Elisabetta Dami.
Coordination des textes de Sarah Rossi (*Atlantyca S.p.A*).
Coordination éditoriale de Patrizia Puricelli.
Édition de Daniela Finistauri.
Coordination artistique de Flavio Ferron.
Assistance artistique de Tommaso Valsecchi.
Couverture de Giuseppe Facciotto.
Illustrations intérieures de Giuseppe Facciotto *(design) et de* Davide Turotti *(couleurs)*.
Graphisme de Yuko Egusa.
Cartes : Archives Piemme.
Traduction de Béatrice Didiot.

www.geronimostilton.com

Pour l'édition originale :
© 2009, Edizioni Piemme S.p.A. – Corso Como, 15 – 20154 Milan, Italie
sous le titre *L'amore va in scena a Topford* !
International rights © Atlantyca S.p.A. – Via Leopardi, 8 – 20123 Milan, Italie – www.atlantyca.com –
contact : foreignrights@atlantyca.it
Pour l'édition française :
© 2010, Albin Michel Jeunesse – 22, rue Huyghens, 75014 Paris – www.albin-michel.fr
Loi 49-956 du 16 juillet 1949 sur les publications destinées à la jeunesse
Dépôt légal : second semestre 2010
N° d'édition : 19240/7
ISBN-13 : 978 2 226 20946 7
Imprimé en France par Pollina S.A. en octobre 2012 - L62381B

Stilton est le nom d'un célèbre fromage anglais. C'est une marque déposée de Stilton Cheese Makers'
Association. Pour plus d'informations, vous pouvez consulter le site www.stiltoncheese.com

Téa Stilton

TÉA SISTERS CONTRE VANILLA GIRLS

ALBIN MICHEL JEUNESSE

Bon anniversaire, Raxford !

Cette année-là le COLLÈGE DE RAXFORD était en pleine effervescence. L'heure était solennelle, puisque le collège célébrait ses... 600 ANS ! Pas le genre d'anniversaire qu'on fête tous les jours ! Les professeurs se creusaient la cervelle pour organiser quelque chose de particulier pour l'occasion. Tous fourmillaient d'idées et de propositions, et c'était au recteur Octave Encyclopédique de Ratis de trancher en faveur des RÉJOUISSANCES les plus appropriées.

Bon anniversaire, Raxford !

Une chose était certaine : pour célébrer digne-
ment les **SIX SIÈCLES** du collège, seule
conviendrait une animation vraiment spéciale !

UNE DÉCISION IMPORTANTE

Les Téa Sisters étaient au comble de l'**EXCI-TATION** : enfin, l'occasion de célébrer un grand événement toutes ensemble !

– **waouh, les filles !** *Six cents* ans ! s'exclama Nicky, enthousiaste.

– Je parie que le recteur va faire les choses en **TRÈS GRAND** ! s'émerveilla Paméla.

– *Ooooh, j'aimerais tant qu'il organise un grand bal...* rêva tout haut Colette.

– Si le professeur Maribran se mêle des préparatifs, aucun doute là-dessus ! Elle adore danser ! assura Violet.

– De toute façon, les professeurs y tiennent tellement qu'ils ne peuvent prévoir qu'une animation fantasouristique ! ajouta Paulina.

– Eh là ! réagit soudain Pam. Il ne faudrait pas qu'ils nous collent un marathon de mathématiques, d'abominables **TESTS** de calcul, des problèmes de géométrie ou d'autres parties de rigolade dans le genre !?

Ses amies éclatèrent de rire. Puis Nicky se rembrunit :

– Espérons surtout que les Vanilla Girls ne joueront pas les **trouble-fêtes** comme d'habitude…

Entre-temps, le recteur, encore hésitant, avait réuni tous les enseignants dans la salle des professeurs pour prendre une décision, car désormais le temps PRESSAIT !

Lorsque chacun eut gagné sa place, Octave

Encyclopédique de Ratis s'éclaircit la voix et annonça :

– Euhm ! Éminents collègues, il ne reste précisément que **TROIS MOIS** avant la cérémonie officielle, et il nous faut prendre une décision !

L'excitation gagna alors les enseignants, chacun étant persuadé d'avoir la *meilleure* idée !

Le recteur poursuivit :

– J'ai reçu diverses propositions venant de chacun de vous. Elles sont toutes valables, mais… il nous faut encore autre chose !

Tous se mirent à discuter fébrilement et bientôt la salle bourdonna de chuchotements et de murmures confus.

Le recteur **REGARDA** autour de lui avec effroi : finalement ce n'était peut-être pas une bonne idée de réunir tout le monde…

Margot Ratcliff, le professeur de lettres et d'écriture créative, qui était restée en retrait pendant toute la réunion, prit soudain la parole. Elle ajusta ses fines lunettes sur son élégant museau et proposa de son habituelle voix mesurée :

_ Une représentation théâtrale, voilà ce qu'il nous faut !

Cela permettra d'impliquer les enseignants et les étudiants, et la solennité n'empêchera pas de se divertir !

Le visage du recteur s'illumina.

– Un SPECTACLE ! Mais bien sûr ! Nous n'avons jamais utilisé l'amphithéâtre pour une représentation et je suis certain que tous seront **partants** pour ce projet !

Enfin convaincus, les autres enseignants acquiescèrent : décidément, personne ne pouvait résister au charme du théâtre !

UNE ESPIONNE MALADROÎTE

La proposition du professeur Ratcliff eut un tel succès que tous se mirent immédiatement à réfléchir au spectacle.

– Ce sera une **excellente** opportunité pour nos étudiants, ajouta l'enseignante Maribran. Ce projet les rapprochera, et ceux qui n'auront pas envie de monter sur SCÈNE s'activeront en coulisse ! De plus...

Le professeur fut interrompu sur sa lancée par un grand bruit qui ressemblait au son d'un piano qu'on **maltraite**.

SDLING SDLANG!
SDLING SDLANG!

– Mais qu'est-ce qui se passe?! s'exclama le recteur.

Les professeurs Delétincelle et Maribran se précipitèrent pour voir ce qu'il en était. Le vacarme provenait de la pièce voisine, qui servait de remise pour les instruments de musique. Les deux enseignants s'approchèrent avec précaution de la porte et l'ouvrirent brusquement. La lumière de la salle des professeurs projeta un faisceau de clarté dans la pièce, illuminant le visage de *Vanilla de Vissen*, accroupie au pied du piano à queue.

– Qu'est-ce que tu fais là?! s'exclama le professeur Delétincelle.

Vanilla se releva immédiatement, l'air embarrassé.

– Euh, eh ben, à vrai dire… je… enfin… je travaille mon **piano** !

Les deux professeurs échangèrent un regard sceptique. Il était évident que Vanilla écoutait aux portes dans l'espoir de découvrir en AVANT-PREMIÈRE la décision du recteur. Mais, dans l'immédiat, ils décidèrent de

ne pas en tenir compte : après tout, bientôt la nouvelle du spectacle serait annoncée à tous. Et puis, eux aussi avaient été jeunes et savaient bien que les grandes occasions suscitent toujours une **CURIOSITÉ** insatiable !

– Sors immédiatement d'ici, Vanilla ! se limita donc à ordonner le professeur Maribran.

Puis elle sermonna l'étudiante :

– Que cela ne se répète pas ! On n'écoute pas les **CONVERSA-TIONS** des autres en cachette !

Vanilla prit l'air mortifié, mais, à peine sortie de la pièce, elle **COURUT** retrouver le groupe de ses amies qui l'attendait, ricanant de satisfaction.

UNE HISTOIRE ROMANTIQUE...

Quelques heures plus tard, le recteur Octave Encyclopédique de Ratis s'éclaircit à nouveau la VOIX devant le public des étudiants. Tous étaient suspendus à ses lèvres.

– Chers étudiants, chacun de vous sait de quelle occasion exceptionnelle nous allons parler aujourd'hui...

Un millier d'YEUX se fixèrent sur les moustaches du recteur, qui n'arrêtaient pas de monter ⬆ et de descendre ⬇ pendant qu'il parlait. Pourvu qu'il ne se lance pas dans l'un de ses habituels discours **sans fin**...

– Six cents ans constituent un aboutissement important dans l'histoire de notre PRESTIGIEUX collège… Nous devons donc les fêter digne-ment… Bla bla bla… Après un examen attentif de la situation, la commission, présidée par votre serviteur, est arrivée à la conclusion que… Et patati et patata…

– Oh, c'est pas vrai ! J'étais sûre qu'on n'y coupe-rait pas ! gémit Nicky en se bouchant les oreilles. Ses amies POUFFÈRENT de rire, et les papotages s'amplifièrent tout autour.

– Chhhhut ! Il va vous entendre, intervint Violet.

– ... Et donc, nous avons décidé... Patati patachose... suivant la proposition éclairée du professeur Ratcliff... Gnagnagni gnagnagna... d'organiser une représentation théâtrale !

Le brouhaha cessa immédiatement : tous les étudiants écarquillèrent les yeux en même temps.

Et le recteur conclut enfin :

– Et le SPECTACLE sera : *Roméo et Juliette*, du grand William Shakespeare !

Une salve d'APPLAUDISSEMENTS crépitants embrasa le public.

Et Octave Encyclopédique de Ratis d'ajouter :

– Dans quelques heures, nous afficherons dans le couloir central les convocations pour les AUDITIONS, qui sont ouvertes à tous !

Le recteur laissa le vacarme des commentaires envahir l'amphithéâtre, puis il toussa et retoussa pour réclamer le silence. Mais les étudiants ne pouvaient plus s'arrêter !

– *JEUNES GENS !* hurla-t-il finalement. Un peu de calme ! Le professeur Ratcliff va vous expliquer comment vous préparer pour... eumh... les auditions !

Ce que fit bien volontiers Margot Ratcliff :

– Donc, comme vous le savez certainement, la tragédie que nous représenterons traite du **GRAND AMOUR** qui déchira un garçon et une jeune fille appartenant à des familles ᕮᴎᴎᕮᙏIᕮ5. La scène que vous devrez étudier pour les auditions est la deuxième de l'acte II.

Personne ne réagit.

Mme Ratcliff leva les yeux au ciel.

– Enfin ! C'est la scène dans laquelle Juliette prononce sa fameuse réplique :

« Roméo, Roméo, pourquoi es-tu Roméo ? »

À cet instant, l'explosion d'enthousiasme des étudiants devint carrément incontrôlable. Ils allaient préparer l'une des scènes les plus connues dans le monde! Celle, follement romantique, où ROMÉO déclare sa flamme à *Juliette*, perchée sur son balcon, au milieu des ombres de la nuit…

Tous les étudiants brûlaient d'impatience de commencer à se préparer pour les auditions. C'est pourquoi, quand les professeurs déclarèrent la séance close, les garçons et les filles DÉVALÈRENT les gradins de l'amphithéâtre.

QUE LE MEILLEUR GAGNE !

LE DÉBUT DES AUDITIONS!

Désormais à Raxford, on ne parlait plus que d'une chose : Roméo et Juliette, Juliette et Roméo. Quels étudiants seraient choisis pour interpréter les deux rôles principaux ? Le jour qui suivit l'ANNONCE du spectacle, un mot fut épinglé dans l'amphithéâtre, qui disait :

Les étudiants souhaitant jouer dans « Roméo et Juliette », de William Shakespeare, sont priés de se présenter samedi prochain à 15 heures au premier étage, devant l'amphithéâtre.

Le recteur Octave Encyclopédique de Ratis

Tous les étudiants avaient la tête tournée vers cette annonce comme des tournesols à la recherche du soleil. L'œil vif et attentif, ils lisaient et relisaient le texte, de peur d'oublier une information importante, comme le lieu ou l'heure de la convocation.

Les Téa Sisters, elles aussi, attendaient impatiemment le grand événement.

– Les filles, ce serait fantastique d'y participer ! s'exclama Nicky.

– Et comment ! confirma Violet.

– C'est une pièce tellement belle ! Elle fait vraiment rêver... approuva Colette en soupirant.

– Et si on décroche un rôle, Téa sera fière de nous ! ajouta Pam.

Paulina objecta :

– Oui, mais, quels que soient ceux qui l'emporteront, ce sera un MAGNIFIQUE spectacle.

Et si aucune de nous n'est choisie, eh bien...
t ANt PîS !

Elles étaient bien d'accord : il ne pouvait être question de COMPÉTITION entre les étudiants, et encore moins entre cinq amies unies comme elles !

Colette était étrangement méditative...

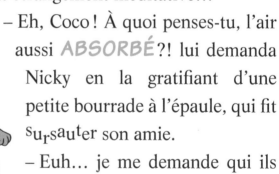

Hé, Coco !

– Eh, Coco ! À quoi penses-tu, l'air aussi ABSORBÉ ?! lui demanda Nicky en la gratifiant d'une petite bourrade à l'épaule, qui fit sursauter son amie.

– Euh... je me demande qui ils choisiront pour jouer Roméo, répondit Colette, qui se représentait déjà toute la scène du balcon.

Pam sourit :

– Hé, hé ! notre Colette est vraiment une grande romantique !

Violet, qui était toujours un peu réservée quand il s'agissait de sentiments, changea immédiatement de sujet :

– Allez, les filles ! Courons à la bibliothèque emprunter au moins un exemplaire de la pièce !

Les cinq amies se précipitèrent dans la grande bibliothèque du collège, où une bien MAU-VAISE SURPRISE les attendait…

COMMENT ÇA, « PLUS DISPONIBLE » ?!

– Comment ça, « plus disponible » ?! bondit Nicky, les yeux écarquillés de surprise.

La bibliothécaire ne savait pas quoi lui dire :

– Je suis désolée, mais tous les exemplaires de *Roméo et Juliette* ont été empruntés au cours de la dernière heure.

Les Téa Sisters se replièrent, toutes **dépitées**, dans la chambre de Nicky et Paulina.

Pam n'arrivait pas à y croire.

– Non, c'est pas possible ! Avec tous les EXEMPLAIRES de la pièce qui se trouvaient à la bibliothèque, tout d'un coup il n'en reste pas un seul?!

– Du calme, du calme! intervint Colette, qui, pourtant, était la plus AGITÉE de toutes. On peut toujours demander à quelqu'un de nous prêter son exemplaire!

– C'est tout le problème! répliqua Nicky en s'échauffant. J'ai déjà demandé aux autres étudiants, mais apparemment personne n'a le livre! En fait, tout le monde le cherche! Comment est-ce possible?!

OH, ROMÉO!

Quelques instants plus tard, les Téa Sisters entendirent quelqu'un déclamer dans le couloir.

– Eh, mais c'est la voix de Vanilla! s'exclama Violet.

Les filles se précipitèrent hors de la chambre et se retrouvèrent face aux Vanilla Girls : chacune d'elles avait un exemplaire de la pièce à la main.

– Tout s'explique ! commenta Paméla en fronçant les sourcils.

– Il fallait s'y attendre ! renchérit Nicky, en croisant les bras.

– Salut les filles ! Comment ça va ? Est-ce que par hasard vous êtes déjà passées à la BIBLIOTHÈQUE ? demanda Vanilla. Oh, quel dommage ! Vous n'avez pas pu emprunter un seul exemplaire de la tragédie, c'est ça ?

– Ce n'est vraiment pas de chance ! Hi ! hi ! hi ! ricana Zoé tout en secouant sa frange.

– Avec vous, tous les moyens sont bons ! Vous êtes vraiment sans scrupules et… commença Paméla, furieuse.

Mais Violet l'arrêta net :

– Laissons TOMBER, va ! suggéra-t-elle en rentrant dans la chambre, invitant ses amies à la suivre. On trouvera une autre SOLUTION...

Vanilla et ses acolytes échangèrent des regards satisfaits, pendant que les Téa Sisters se retiraient dans la chambre, dépitées.

Soudain Paméla eut une idée :

– Eh, les filles, pourquoi ne pas ALLER demander le livre directement au professeur Ratcliff ?

Toutes acquiescèrent et se rendirent sans attendre au bureau de l'*enseignante*.

Violet lui expliqua quelle était la situation, sans toutefois révéler que tous les exemplaires de la pièce avaient été empruntés par Vanilla. Au fond, mieux valait ne pas faire d'HISTOIRES, l'important étant de se préparer aussi bien que possible pour les auditions.

COMMENT ÇA, « PLUS DISPONIBLE » ?!

Le professeur Ratcliff tendit à Violet son exemplaire personnel de *Roméo et Juliette*. Puis, sans ciller, elle précisa :

– Prenez mon exemplaire, **ne vous inquiétez pas** ! J'ai veillé à commander un **LIVRE** pour chaque étudiant. Ils arriveront demain et nous les distribuerons à tous ceux qui n'ont pas pu en trouver.

Les Téa Sisters la regardèrent, ÉPATÉES.

Mme Ratcliff, l'enseignante la plus redoutée du collège, faisait preuve de *gentillesse* et de disponibilité ! Qui l'eût cru !

Et elle ajouta avec un sourire :

– Surtout, préparez-vous bien : seuls l'IMPLI-CATION et le talent pourront vous faire avancer !

Les Téa Sisters lui sourirent et coururent prévenir les autres.

Au Club
des Lézards verts

Au second étage du collège de Raxford, le CLUB DES LÉZARDS VERTS gardait porte close depuis des heures. Les candidats au rôle de Roméo débattaient de celui qui, parmi eux, aurait le plus de chances de l'emporter.

CRAIG

Le grand favori était *CRAIG* : beau et plein d'allure, il semblait fait pour le rôle !

– Ce Roméo m'a l'air d'être un dur, observa-t-il en **BOMBANT** un peu le torse.

Mais ce n'était pas l'avis de tous.

Shen, par exemple, qui était trop timide pour parler mais connaissait bien cette tragédie, savait que le personnage était aussi très tendre et sensible, un **doux rêveur**... Finalement, le rôle lui conviendrait bien mieux qu'à Craig ! Et la Juliette de ses rêves était toute trouvée : Paméla !

Shen

AH, COMME J'AIMERAIS ÊTRE SUR SCÈNE AVEC ELLE ET POUVOIR LUI TENIR LA MAIN...

– Hé, Shen, réveille-toi ! Tu n'es pas d'accord avec moi ? hurla Craig en secouant son ami.

– Hein, quoi ?

Shen faillit faire tomber la pile de **LIVRES** qu'il portait.

– B-bien sûr que si ! Tout à fait d'accord !... Mais… tu disais quoi déjà, Craig ?

– Je disais que je pourrais me présenter comme candidat du Club des Lézards verts, bel endormi ! RICANA Craig.

QU'EN PENSES-TU ?

Shen vit l'image de Paméla au balcon se dissiper comme un MIRAGE en plein désert.

– Enfin, tu n'es pas le seul à avoir tes chances, Craig, objecta une voix grave au fond de la pièce.

Celui qui avait parlé était Vik de Vissen, le frère de Vanilla. Vik avait un air assez MYSTÉRIEUX et jouissait d'un certain respect dans le club, même si personne ne le trouvait particulièrement sympathique. Il parlait peu, mais rien ne semblait lui échapper. Son regard MAGNÉTIQUE croisa celui, perplexe, des autres garçons.

– Je suis candidat, conclut-il, l'air de rien.

– Toi, Vik ? rétorqua Craig, sidéré. Je croyais que tu n'aimais pas les *compétitions* !

Vik secoua légèrement la tête en le considérant dédaigneusement :

– Pfff ! Il se trouve que ce *n'est pas* une compétition, mon cher, mais une PIÈCE DE THÉÂTRE, et l'une des plus belles qui ait jamais été écrite !

Craig le fixa, interloqué :

– Tu veux dire que tu l'as *lue* ?!

TES YEUX SONT COMME DES ÉTOILES...

– Évidemment ! lui confirma son rival d'un air méprisant. Et je peux même te le prouver si tu ne me crois pas.

Et ainsi, à la surprise générale, Vik se mit à déclamer de mémoire, et en y mettant beaucoup de sentiment, la tirade de la scène du balcon... Il était vraiment *bon* !

Lorsqu'il eut fini, il sortit de la pièce, laissant flotter dans son sillage l'écho des mots d'amour de Roméo à sa Juliette.

Les autres garçons restèrent sans voix.

Shen sourit, admiratif :

– Ça, c'est ce qu'on appelle un Roméo !

ENFIN,
LE GRAND JOUR !

Lorsque vint le matin des auditions, le soleil brillait. Les cœurs des étudiants palpitaient d'excitation. Ils avaient passé les derniers jours à répéter leur rôle, et maintenant tous se sentaient euphoriques et impatients.

Dès l'heure du déjeuner, une foule bruyante de candidats acteurs s'était agglutinée dans le couloir qui menait à l'amphithéâtre.

C'était une belle cohue : chacun y allait de ses pronostics, et, même si cette tragédie comptait de nombreux personnages, tous espéraient être choisis pour interpréter l'un des rôles principaux.

– Je tremble d'émotion, les filles ! confia Colette, qui ne tenait pas en place.

Nicky s'approcha d'elle et lui dit :

– VAS-Y, DIS-LE HAUT ET FORT, SŒURETTE !

C'EST LA FIÈVRE DU THÉÂTRE !

Paulina, Paméla et Violet, elles, révisaient encore une fois les vers de Juliette.

Vanilla, qui avait découvert à sa grande consternation les LIVRES que chaque étudiant tenait à la main, ruminait rageusement dans son coin.

Les portes de l'amphithéâtre s'ouvrirent à **15 HEURES** pile. Le jury, chargé d'évaluer chaque prestation, siégeait près de l'estrade. Il se composait des professeurs Ratcliff, Maribran et Delétincelle.

Assis au centre, le recteur Octave Encyclopédique de Ratis observait la scène. Sur la table, près de lui, était posé un grand VASE.

Les candidats entrèrent et s'assirent, chacun patientant en vue de son tour. Le SILENCE descendit sur une salle tendue par l'attente.

Alors, le recteur se leva et proclama :

– Très chers étudiants de Raxford, je déclare officiellement ouvertes les auditions pour le spectacle de *Roméo et Juliette*, par lequel nous célébrerons dignement les 600 ans de notre bien-aimé COLLÈGE !

Tous les jeunes applaudirent.

– Donc, reprit le recteur, nous établirons l'ordre de passage par un tirage au sort. Chacun de vous écrira son nom sur un MORCEAU DE PAPIER qu'il déposera ensuite dans ce vase. Puis, nous procéderons au tirage et nous afficherons une liste avec l'ordre de présentation des **candidats**.

Pam se rapprocha de ses amies :

– Ça ressemble plus à une loterie qu'à des auditions !

– Mpff ! *pouffèrent*-elles ensemble en mettant la main devant leur bouche pour ne pas se faire entendre.

– En tout cas, c'est très équitable ! observa Violet. Grâce à cette méthode, pas d'INÉGALITÉS de traitement ! Sinon tous les candidats voudraient passer en premier, puisque, quand le jury aura entendu réciter la même scène mille fois, il sera **exténué**...

– Oui, mais quelqu'un devra quand même bien passer en **DERNIER** ! objecta Nicky.

– Exact, confirma Paulina. Mais, s'il est bon, il le restera même en passant en dernier…

Pam et Violet acquiescèrent, convaincues.

– Stylo, stylo, stylo, stylo… intervint Colette, en distribuant à ses amies quatre stylos pour rédiger leurs billets.

DE L'EMBROUILLE DANS L'AIR !

Tous les étudiants inscrivirent leur nom sur un morceau de papier.

Le recteur avait bien précisé : un billet par personne, sous peine d'être exclu des auditions !

Mais certaines ne respectaient pas la règle...

– Mais qu'est-ce que tu fais, Vanilla ? demanda Alicia à HAUTE voix en voyant son amie écrire plusieurs billets.

– Chutttt ! Tu veux me faire prendre, ou quoi ?! dit Vanilla pour lui clouer le bec.

Alicia répliqua, perplexe :
– Mais, le recteur…
– Arrête de hurler !!! la grondèrent Zoé et Connie en regardant autour d'elles avec appréhension.
Vanilla lui expliqua à voix basse :
– Tu ne comprends pas ? Il faut retourner la situation à notre profit !
– Comment ça ? persista Alicia.
Vanilla s'impatienta :
– Oh la la ! On écrit les noms des Téa Sisters sur tous les billets pour qu'elles soient disqualifiées !

Le visage d'Alicia s'illumina :
– Génial !
Connie ajouta :
– C'est un SABOTAGE dans les règles !

– Exactement, renchérit Zoé, comme ça, elles passeront pour des **TRICHEUSES** !

Les Vanilla Girls s'activèrent ainsi à rédiger autant de billets FALSIFIÉS que possible.

– Pour nos chères Téa Sisters, ça signifie l'**exclusion** pure et simple des auditions ! proclama sentencieusement Vanilla.

Leur tâche achevée, les Vanilla Girls glissèrent tous les billets dans le vase sans se faire voir.

QUI L'EÛT CRU ?

Pendant que leurs comparses finissaient de rédiger leurs billets, les Téa Sisters décidèrent d'aller prendre l'AIR dans le jardin du collège.

– J'ai vraiment besoin de faire baisser la tension, les filles ! Je me sens toute raide ! s'exclama Nicky en s'étirant et en commençant à faire un peu de STRETCHING.

Colette sourit :

– Tu as raison, Nicky ! Bonne idée ! Allons faire un tour.

– Oui, ça nous changera les IDÉES, ajouta Paulina.

– Moi, je préfère rester réviser le rôle… annonça Violet à la surprise générale.

Colette la fixa, étonnée :

– Mais tu l'as déjà **répété** un million de fois, Vivi ! Et tu es *excellente* !

Ses quatre amies sourirent : en effet, pendant qu'elles répétaient ensemble, Violet s'était révélée la plus talentueuse de toutes.

Son jeu était EXPRESSIF et sensible !

– Si tu préfères continuer à travailler, Violet, je reste avec toi pour t'aider, proposa Paméla.

Ainsi Colette, Nicky et Paulina se DIRIGÈRENT toutes trois vers le cloître, pendant que les deux autres continuaient à réviser dans la quiétude du JARDIN.

À un moment, Nicky remarqua quelqu'un appuyé à une colonne du cloître : c'était Vik de Vissen. Vik et Vanilla avaient la même beauté glaciale, mais, à la différence de sa sœur, qui voulait toujours être au centre de l'attention, lui était plutôt SECRET et RÉSERVÉ.

D'ailleurs, même là, il se trouvait seul. Tandis qu'elles progressaient pas à pas dans sa direction, elles s'aperçurent qu'il déclamait des vers.

– C'est le rôle de ROMÉO ! s'exclama immédiatement Paulina, stupéfaite.

VENEZ !

– En effet ! confirma Nicky.

– Qui aurait imaginé que… même Vik avait envie de monter sur SCÈNE !

Juste à ce moment, Violet et Paméla les rejoignirent en courant. Toutes ESSOUFFLÉES, elles annoncèrent :

– La liste a été affichée. Venez !

Vik entendit, lui aussi, la nouvelle et suivit les Téa Sisters à l'intérieur.

PAMÉLA

UNE BIEN
MAUVAISE SURPRISE

Une vague de têtes curieuses ONDULAIT déjà
devant le panneau d'affichage. Les Téa Sisters
attendirent leur tour, mais lorsqu'elles purent
finalement parcourir la *liste*, elles découvri-
rent que… leurs noms n'y figuraient pas. Elles la
lurent et la relurent encore,
incrédules.

– MAIS COMMENT EST-CE POSSIBLE ?!

s'exclama Nicky, qui n'en
croyait pas ses yeux. Aucune
de nous n'y est !

Les filles se regardèrent, DÉSEMPARÉES.
Le professeur Ratcliff s'approcha d'elles et
murmura :

– Venez avec moi, Mesdemoiselles. Il y a eu un
événement FÂCHEUX...

Les Téa Sisters la suivirent,
de plus en plus perplexes :
certainement était-il
arrivé quelque chose
de GRAVE...

Elles montèrent au premier étage du collège et firent halte devant la porte du **BUREAU** du recteur.

Octave Encyclopédique de Ratis les toisa de la tête aux pieds, l'air contrarié :

– Vous me DÉCEVEZ beaucoup, jeunes filles ! En dépouillant tous les billets contenus dans le vase, nous avons constaté que vos noms revenaient de nombreuses fois. Or le règlement était parfaitement CLAIR à ce propos !

Les Téa Sisters frémirent. Violet réagit la première :

– MAIS C'EST FAUX ! NOUS N'Y SOMMES POUR RIEN !

– Ce n'est pas possible... bredouilla Paulina dans un filet de voix.

– Nous avons respecté le règlement ! PROTES-TÈRENT les autres filles.

Mme Ratcliff vint à leur aide :

– Je vous crois. Vous ne vous êtes jamais **MAL COMPORTÉES** depuis que vous êtes dans ce collège, et je ne pense pas que vous l'auriez fait justement à cette occasion.

Le recteur poursuivit :

– Nous avons gardé tous les BILLETS portant vos noms. J'ai confiance en vous, mais le fait est que nous ne pouvons pas transgresser le règlement. Tâchons de découvrir ce qui s'est passé !

Les Téa Sisters examinèrent attentivement les billets concernés. Au bout de quelques secondes, toutes notèrent un élément important.

– Ce n'est pas notre écriture ! s'exclama immédiatement Violet.

– Quelqu'un d'autre a écrit ces billets !

Le recteur compara les morceaux de papier :

– Pas de doute ! Ce sont des *faux* !

Les Téa Sisters poussèrent un soupir de soulagement.

– Quelqu'un vous a joué un sale **TOUR**, conclut d'un air sombre le professeur Ratcliff. Nous ferons toute la lumière sur ce mystère. Mais, en attendant, je ne peux que vous rajouter en fin de liste...

– C'est mieux que rien! se dirent les cinq amies.

Mais une chose était certaine : cette histoire sentait à plein nez... la *vanille* !

LA FIÈVRE
DE LA SCÈNE

Enfin arriva le moment des auditions ! Les premiers candidats attendaient en **FILE INDIENNE** devant l'amphithéâtre. Tenant leur texte d'une main **tremblante**, ils révisaient nerveusement leurs répliques.

Soudain, la porte s'ouvrit et le **BOURDONNEMENT** des voix s'éteignit.

– Euhm ! attaqua le recteur face aux dizaines d'**YEUX** qui le fixaient. Les auditions peuvent commencer ! Nous entendrons d'abord les candidats aux rôles de Roméo et Juliette, puis les autres. Et il ajouta d'un ton solennel :

– Que les premiers concurrents se donnent la peine d'entrer !

Les auditions se poursuivirent pendant des heures, à un RYTHME TRÈS SOUTENU.

Les candidats donnaient le meilleur d'eux-mêmes pour exprimer leur entrain et leur talent. Les garçons cherchaient à jouer Roméo de la manière la plus juste, tandis que les filles se dépassaient pour être la plus *fascinante* des Juliette. Mais aux yeux des professeurs, un petit quelque chose manquait. En effet, pour bien jouer, l'enthousiasme ne suffisait pas, il fallait aussi une sensibilité et un talent particuliers !

Craig, par exemple, avait déployé une grande ÉNERGIE... trop même ! Au moment de déclarer son amour désespéré à Juliette, il s'était jeté à terre, **TAPANT** des poings sur le plancher de la scène !

Quant à Shen, il aurait fait un excellent Roméo si l'émotion ne lui avait pas fait OUBLIER la moitié de son texte ! Connie et Zoé, elles, jouèrent de manière peu EXPRESSIVE.

En somme, tous essayaient de faire de leur mieux, mais sans grand résultat.

– Bon, il y a encore quelques étudiants à voir… observa le professeur Maribran. Et ceux que nous avons vus jusqu'à présent seront parfaits pour **interpréter** d'autres personnages de l'histoire.

Le reste du jury acquiesça, tout en sachant que, sans un Roméo et une Juliette vraiment doués, le spectacle n'aurait pas la même allure…

UNE AUDITION DE RÊVE !

Vint alors le tour de Vanilla. Pour impressionner les enseignants, elle avait décidé de porter une longue robe bleu ciel. Ainsi vêtue, elle était très élégante, mais aurait-elle du talent pour autant ?

En attendant, elle se sentait surtout très NERVEUSE. Son billet était sorti parmi les derniers et elle avait passé l'après-midi à pester :

– Pfff ! Pourquoi perdent-ils leur temps à auditionner les autres filles ?

C'est moi la Juliette qu'ils cherchent !

Et de se vanter encore :

– Déjà petite, j'étais la meilleure de l'école en récitation! Je suis une TRAGÉDIENNE née et on ne fait pas attendre les grandes TRAGÉDIENNES !

Lorsque le recteur l'appela, Connie, Zoé et Alicia accoururent pour l'encourager :

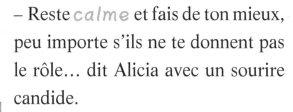

– VAS-Y, VANILLA !   Fais-leur voir à tous qui est la meilleure! hurla Connie.

– Reste *calme* et fais de ton mieux, peu importe s'ils ne te donnent pas le rôle… dit Alicia avec un sourire candide.

Vanilla et les autres amies la foudroyèrent du regard.

– Mais, qu'est-ce que j'ai dit? balbutia Alicia.

– Vanilla *doit* être la *MEILLEURE*,

répliqua dédaigneusement Zoé. Pas question qu'elle se contente de faire de son mieux !
Entre-temps, Vanilla était montée sur scène, et, quand elle commença à jouer, tous restèrent bouche bée.
ELLE ÉTAIT VRAIMENT BONNE !

Elle faisait passer beaucoup d'émotion, tout en restant spontanée.

Les enseignants étaient emballés!

– Aaaah, soupira le professeur Maribran. Comme elle est touchante!

Même Mme Ratcliff, d'habitude très distante, laissa échapper une LARME d'émotion.

– Bien, bien! Il semblerait que nous ayons trouvé notre Juliette, s'exclama le recteur, tout content, pendant que Vanilla partait se changer.

Quelle émotion!

– Peut-être bien, mais nous devons encore voir les derniers candidats, rappela Bartholomé Delétincelle.

Et en effet, parmi les filles, manquaient encore les Téa Sisters.

Elles aussi avaient assisté à la prestation de Vanilla, et, rien qu'à la pensée de devoir rivaliser avec elle, elles se sentaient encore plus émues et inquiètes.

Elles se (serrèrent) toutes alors bien fort pour se donner du courage, et se préparèrent pour leurs auditions.

SUSPENSE ¿!

Colette, Nicky, Paméla, Paulina et Violet passèrent devant le jury exactement dans cet ordre. Chacune interpréta Juliette à sa manière, selon son *CARACTÈRE* et sa façon d'exprimer ses sentiments.

Colette s'avança sur la scène d'un air grave et concentré, mais sa Juliette fut trop **sentimentale**. À un moment, alors qu'elle récitait des vers d'**amour**, elle fit une pirouette et soupira en se tordant les mains ! L'interprétation de Nicky fut d'un tout autre genre : elle incarna une

Juliette **ÉNERGIQUE** et PÉTILLANTE, pas vraiment sentimentale mais pleine de joie de vivre. Quant à Paméla, elle oublia une bonne partie de son texte et improvisa, proposant à Roméo… de l'emmener faire un TOUR à travers le monde, à la consternation du professeur Ratcliff, qui toussa en signe de **désapprobation**.

Lorsque vint le tour de Paulina, le jury n'était plus très **FRAIS**, mais elle réussit à capter son attention en articulant ses répliques dans un souffle. Peut-être était-ce l'effet de la timidité, en tout cas tous tendirent l'oreille et un tel silence se fit qu'on aurait pu entendre voler une *mouche* !

Finalement, ce fut à Violet. Une fois sur scène, elle se libéra de sa nervosité.

Au moment de prononcer ses premiers vers, elle ferma les yeux et tenta d'imaginer le balcon depuis lequel Juliette s'adressait à Roméo, les ramages des arbres, la brise FRAÎCHE du soir… Et, pendant qu'elle se représentait tout cela, elle attaqua sa tirade presque sans s'en rendre compte, transportant tout son public dans un lieu ENCHANTÉ.

À la fin de son audition, tous applaudirent avec ferveur : Violet avait, elle aussi, fait preuve d'un grand talent.

Désormais, il fallait décider à qui attribuer le rôle de Juliette : à *Vanilla* ou à *Violet* ?

– Vanilla a très bien joué, reconnut le recteur, mais Violet était vraiment bonne aussi.

– Oui, elles semblent toutes les deux *parfaites* pour le rôle.

Bref, les enseignants étaient complètement indécis et ne savaient pas laquelle choisir.

Quelques instants après, le recteur prit la parole et demanda aux deux filles de s'approcher du bureau du jury. Puis il leur dit :

– Vanilla, Violet, nous voudrions vous faire passer une **seconde** audition. Nous n'avons pas encore fait notre choix et nous aimerions vous réentendre pour décider, une fois pour toutes, laquelle de vous deux jouera Juliette. Rendez-vous, donc, demain à **14 heures**

dans ce même amphithéâtre, pour la dernière audition, d'accord ?

Violet et Vanilla acquiescèrent, un peu décontenancées. Pour elles, les essais n'étaient pas finis.

Un Roméo
ɪnattendu

Après l'audition de Violet, les commentaires et les cris d'admiration envahirent l'amphithéâtre. Dans tout ce brouhaha, un dernier candidat se fraya un chemin à travers la foule : Vik de Vissen.

– Par ici, Vik, je t'en prie ! l'encouragea le professeur Maribran. *C'EST À TOI !*

Vik monta sur la scène et commença à interpréter son rôle sans une hésitation. Et encore une fois, un silence **IRRÉEL** s'installa parmi les enseignants et les étudiants.

Non seulement Vik se rappelait parfaitement son texte, mais il jouait avec une telle *passion* que ses camarades commencèrent à se donner des coups de coude.

– C'est vraiment Vik de Vissen, celui-là ?! Incroyable !

– On ne le reconnaît pas !

– CHUUUUUTTTT ! SILENCE ! ÉCOUTEZ !

Personne, pas même Vanilla, n'avait jamais vu les yeux de Vik briller comme à cet instant. Aucun doute : le rôle de Roméo serait CONFIÉ à Vik ! Vanilla s'approcha de son frère et lui dit, toute contente :

– Le spectacle promet d'être parfait avec toi et moi dans les rôles PRINCIPAUX !

– Mais on ne sait pas encore qui interprétera Juliette ! répliqua-t-il.

– Moi, bien sûr ! rétorqua Vanilla, indignée.

Puis elle ajouta à voix basse :
– Je ferai en sorte de donner un coup de patte
au DESTIN...

UNE MYSTÉRIEUSE INVITATION

Le lendemain, Violet se réveilla très tôt. Elle était un peu NERVEUSE en pensant à l'audition qu'elle devait passer dans l'après-midi, et se demandait si elle arriverait à TRANSMETTRE les mêmes émotions que la veille.

Elle décida donc de ne pas réveiller ses amies, prit son exemplaire de *Roméo et Juliette* et SE RENDIT au jardin pour réviser ses répliques. Mais elle n'était pas la seule à s'être levée tôt. Près de la FONTAINE, Vanilla, en survêtement, faisait des exercices de stretching et de respiration.

Violet s'approcha d'elle.

– Toi aussi, tu es un peu nerveuse, pas vrai ?

– Tu plaisantes ? Pourquoi devrais-je l'être ? répliqua Vanilla en lui tournant le dos.

Violet fut tentée de lui répondre sur le même ton, mais elle préféra faire comme si de RIEN n'était et s'assit sur un banc pour réviser.

Peu après, les premiers étudiants arrivèrent dans le jardin.

– Hou, hou, Violet ! l'interpella Nicky, déjà toute proche. Je t'ai trouvée ! Que fais-tu ici ?

Violet posa son livre sur le banc et rejoignit son amie.

– Je révise mon texte… parce qu'aujourd'hui, tu sais…

Nicky était en survêtement, prête pour son habituel FOOTING du matin.

SALUT, VIOLET !

– **BRAVO !** répondit-elle. Mais ne révise pas trop, sinon tu vas **STRESSER** ! Moi, je vais faire mon petit trot… et on se retrouve, comme d'habitude, chez Colette avant le déjeuner, OK ?

– D'accord, à tout à l'heure ! répondit Violet.

La jeune fille retourna à son banc, reprit son texte et vit… un **BILLET** glisser des pages de son livre. Elle le ramassa et lut :

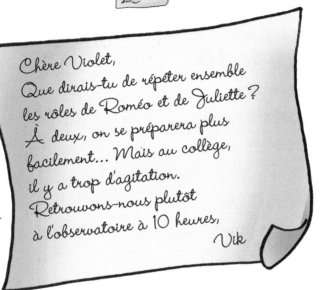

Chère Violet,
Que dirais-tu de répéter ensemble
les rôles de Roméo et de Juliette?
À deux, on se préparera plus
facilement... Mais au collège,
il y a trop d'agitation.
Retrouvons-nous plutôt
à l'observatoire à 10 heures,
Vik

Vik? Qui lui demandait de répéter avec lui?!
C'était un garçon taciturne et un peu **MYSTÉRIEUX**, mais, en même temps, c'est bien lui qui avait été choisi pour jouer Roméo, pensa Violet. Et répéter ensemble pouvait être une bonne chose pour tous les deux : lui se préparerait pour le spectacle et elle pour son audition.

Elle regarda sa montre : il était déjà **9 h 30**.

« Pourquoi pas ! » trancha-t-elle finalement.

Elle avait tout le temps pour ALLER à l'observatoire, REVENIR, puis déjeuner avec ses amies et se présenter à l'amphithéâtre pour son second essai.

Violet prit son livre et se mit en route.

ENNUIS EN VUE !

L'observatoire **astronomique** se dressait sur un piton rocheux, au point le plus élevé de l'île des Baleines. De là, on pouvait observer le ciel et les étoiles sans être gêné par les lumières du collège et du village. Le bâtiment, de forme **circulaire**, était surmonté d'un dôme, d'où pointait un grand télescope, toujours **ORIENTÉ** vers le ciel. On pouvait s'y rendre en voiture, en suivant la route principale, ou à pied, en empruntant un *étroit sentier* qui longeait la forêt des Faucons et gravissait le piton.

Violet choisit d'y aller à pied pour faire un peu

d'exercice, profiter du **PANORAMA** et de l'air frais du matin.

Alors qu'elle se retournait pour observer le vol d'un faucon planant dans le ciel, elle remarqua une OMBRE qui se déplaçait furtivement entre les arbres. La jeune fille s'arrêta net et scruta les alentours.

– Mmmh… j'ai cru voir quelque chose là-dessous… Vik ? appela-t-elle en voulant s'approcher des arbres, lorsqu'un petit MOINEAU surgit soudain des frondaisons, passa au-dessus de sa tête et alla se percher dans un *buisson* tout proche. Ah, ce n'est que toi ! Je pensais qu'il y avait quelqu'un, dit Violet en **riant** toute seule. Puis, elle rejoignit en toute hâte l'observatoire : le bâtiment restait toujours ouvert pour permettre aux étudiants de visiter le musée du Firmament, qui occupait la première salle

de l'édifice. Les autres pièces, qui contenaient le télescope et le matériel TECHNIQUE, étaient fermées. Seuls les professeurs du collège pouvaient y accéder.

Violet ouvrit la porte d'entrée et pénétra dans la salle du musée déserte.

– Vik ? appela-t-elle, hésitante.

Je suis arrivée !

Vé Vé vé v... répondit l'écho.

Violet regarda l'heure :

10 h 10...

Vik aurait déjà dû être là !

« Il est peut-être en retard », pensa la jeune fille, en faisant quelques pas en direction des CARTES DU CIEL suspendues au mur, qu'elle avait déjà vues lors de précédentes visites pédagogiques.

À peine fut-elle parvenue au centre de la salle qu'elle entendit un bruit suspect derrière elle.

– Oh, non ! hurla Violet en se retournant et en courant vers la porte.

La lourde porte d'entrée s'était subitement REFERMÉE dans son dos !

Violet essaya de l'ouvrir, mais la poignée était bloquée de l'extérieur !

Qu'est-ce qui avait bien pu arriver ? Un coup de vent ?

Cela semblait très étrange...

Quoi qu'il en soit, elle se trouvait maintenant bloquée à l'intérieur de l'observatoire sans la possibilité d'en sortir.

Son unique planche de salut était Vik... mais où était-il donc passé, celui-là ?

UN PLAN PARFAIT !

Au collège, Connie, Zoé et Alicia étaient déjà en train de papoter sur les marches de l'entrée du collège, lorsqu'elles virent arriver Vanilla.

– Salut ! Où avais-tu DISPARU ? lui demanda Connie. On t'a cherchée partout !

– C'est vrai ! On pensait déjà que Violet t'avait enfermée quelque part de PEUR d'avoir à t'affronter aujourd'hui ! ajouta Zoé.

Les autres filles s'ESCLAFFÈRENT.

Vanilla rit à son tour, d'un air PERFIDE.

– Justement, non… Je pense que c'est plutôt la chère Violet qu'on ne verra pas aujourd'hui, murmura-t-elle en repensant à son plan.

En effet, c'était elle qui avait adressé à Violet la **FAUSSE INVITATION**, dans laquelle Vik lui proposait de le retrouver à l'observatoire. Et c'était encore elle qui avait bloqué la porte pour que Violet ne puisse plus sortir. Vanilla voulait la retenir un certain temps LoiN du collège pour l'empêcher de participer à l'audition de l'après-midi. Ainsi, en l'ABSENCE de Violet, les professeurs seraient obligés de la choisir elle pour le rôle de Juliette. Une fois cette décision prise, Vanilla retournerait à l'observatoire et LIBÉRERAIT la jeune fille. Jusque-là, son plan avait marché comme sur des roulettes... Il n'y a qu'à un moment, sur le sentier, qu'elle avait manqué de se faire surprendre : lorsque Violet s'était retournée subitement et qu'elle avait dû se cacher à toute vitesse derrière un arbre.

Heureusement, Violet pensait avoir vu un moineau… Puis tout s'était passé comme Vanilla l'avait manigancé !

– MON PLAN EST PARFAIT ! s'exclama-t-elle tout haut sans s'en apercevoir.

Les autres filles l'**interrogèrent** du regard.

EUH, RIEN, RIEN…

– Quel plan, Vanilla ? demanda timidement Alicia.

– Euh, rien, rien… je réfléchissais à ce que j'allais PORTER à l'audition d'aujourd'hui, dit Vanilla, un peu embarrassée.

Puis elle ajouta avec autorité :

– Allez, toutes à l'intérieur : je veux réviser encore un peu avant mon TRIOMPHE !

À LA RECHERCHE DE VIOLET !

Vers midi, Nicky rejoignit ses amies dans la chambre de Colette.

– Les filles, quelqu'un a **VU** Violet ? demanda-t-elle, préoccupée.

– Non, répondirent-elles, en se regardant l'une l'autre. On pensait qu'elle était avec toi.

– Je ne l'ai pas revue de toute la matinée, mais nous avions **RENDEZ-VOUS** ici pour aller manger ensemble... Et vous savez combien Violet est précise et **PONCTUELLE**, raconta Nicky, alarmée.

– Oh oui, on le sait bien... murmura Colette dans un soupir, repensant à toutes les fois où son amie l'avait grondée pour ses retards.

– Et après le déjeuner, elle doit se présenter à l'*audition*, compléta Paméla, tout aussi inquiète.

– Peut-être est-elle en train de réviser avec quelqu'un, hasarda Paulina.

PAR MILLE BIELLES EMBIELLÉES !
Mais oui, peut-être répète-t-elle avec Vik !

Colette contempla Paméla avec PERPLE-XITÉ, mais finit par dire :

– Dans ce cas, pas de temps à perdre ! Allons le trouver et voyons si Vivi est avec lui !

Toutes d'accord, les filles se lancèrent à la recherche de Vik et le trouvèrent dans le COULOIR, en chemin vers les chambres.

– VIK ! s'époumona Colette.

Le garçon se retourna.

– Salut !

– Salut, Vik ! Tu as vu Violet ? demanda Paméla.

– Non, je ne l'ai pas vue. Pourquoi me le demandez-vous ?

Les filles se regardèrent, **découragées**.

– Parce qu'on ne la trouve nulle part, répondit Paulina. Et bientôt aura lieu la seconde AUDITION avec les professeurs…

Vik se mit à réfléchir.

– **Alors, essayons de la trouver !** Divisons-nous en deux groupes : Colette et Nicky, vous la chercherez dans le collège, commença le garçon, d'un ton résolu. Paméla, Paulina et moi, nous irons dehors, explorer les environs.

Les Téa Sisters se regardèrent.

– *D'ACCORD !* s'exclamèrent-elles en chœur.

UN TIGRE EN CAGE !

Deux heures étaient déjà passées depuis que Violet s'était retrouvée enfermée dans l'observatoire, et désormais elle avait perdu tout espoir que Vik arrive.

Elle faisait les cent pas dans la salle du musée en AGITANT les bras et en disant :

– Vik et ses petits mots mystérieux ! C'est ça ! Sans lui, je ne serais pas dans ce pétrin ! Grrrr ! En fait, elle était si FURIEUSE qu'elle faisait penser à un TIGRE en cage.

– Bon, Violet, calme-toi et essaie de réfléchir, se dit la jeune fille à haute voix.

Elle regarda tout autour d'elle à la recherche d'une solution.

La pièce comportait quatre FENÊTRES, toutes situées en hauteur.

Violet approcha un siège d'un mur, grimpa dessus et atteignit une fenêtre.

Elle regarda dehors et **HURLA** pour se faire entendre, mais l'observatoire se trouvait dans une partie isolée de l'île et il n'y avait personne aux alentours.

– Pfffff… Et maintenant, qu'est-ce que je fais ?

Je n'arriverai jamais à regagner le collège à temps pour l'audition... Peut-être n'arriverai-je même pas à sortir d'ici ! dit-elle en frissonnant. Puis, elle aperçut la LUMIÈRE du soleil qui entrait par la fenêtre et se reflétait dans la lentille d'une lunette astronomique qui avait été **démontée** et exposée dans une vitrine. Tout à coup lui vint une idée... lumineuse !

UN S.O.S. LUMINEUX !

Colette et Nicky avaient **CHERCHÉ** Violet dans chaque pièce et chaque recoin du collège, mais sans la trouver.

De leur côté, Paméla, Paulina et Vik, après avoir vérifié le JARDIN et les terrains de jeux, sortirent du collège pour passer au crible les environs.

– Où a-t-elle bien pu aller ? Violet ne rate jamais un rendez-vous, en tout cas pas sans prévenir… observa Paméla, **INQUIÈTE**.

– Allez, tu verras qu'on la trouvera ! Elle doit être en train de revoir son texte quelque part à l'écart, répondit Vik.

Mais, en effet, il était **bizarre** de ne la trouver nulle part.

– Essayons vers la rivière Bernicle : c'est un endroit que Violet *aime* beaucoup… Peut-être qu'elle est allée réviser là-bas, suggéra Paulina.

– Très juste ! Allons-y ! répondit Paméla.

Vik acquiesça et les suivit.

Il était maintenant **12 h 45**.

Dans à peine une heure, Violet devait se présenter devant les professeurs du jury pour passer sa seconde **AUDITION**.

Les filles et Vik se mirent à *COURIR* : il n'y avait pas une minute à perdre ! Ils venaient de s'engager dans le sentier, lorsque Vik s'arrêta et regarda autour de lui pour décider quel chemin prendre. Se tournant vers la colline de l'observatoire, il aperçut tout à coup une étrange **LUEUR**... Bizarre, jusque-là il n'avait jamais observé de lumières provenant de l'observatoire. En plus, normalement, il n'y avait **PERSONNE** là-haut... À moins que...

– Paméla ! Paulina ! cria Vik.

Les deux filles se retournèrent.

– Qu'est-ce qu'il y a ? demanda Paulina, tout étonnée.

– J'ai peut-être découvert où est Violet ! Vous voyez la LUEUR qui vient de l'observatoire ? expliqua Vik aux deux amies qui l'avaient rejoint.

– Oui, mais quel rapport ? demanda Paulina.

– Ce n'est pas une lumière normale ! C'est un **signal** lumineux ! observa Paméla.

– Regarde, Paulina, c'est trop régulier pour que ce soit le vent qui fait bouger quelque chose.

– Violet !!! s'exclamèrent les filles en chœur.

– Il n'y a pas un instant à perdre : je vais chercher mon QUATRE-QUATRE et on monte là-haut ! dit Paméla.

ENFIN LIBRE !

Avant même d'entrer dans l'observatoire, Paméla, Paulina et Vik entendirent Violet qui criait depuis la fenêtre :

– À l'aiiiiiiiide !
Je suis enfermée ici !
Faites-moi sortir !

Violet avait utilisé la LENTILLE d'une lunette astronomique pour refléter la lumière du soleil et attirer l'attention à l'extérieur.

– Reste tranquille, Vivi, lui cria Paméla en courant vers le bâtiment. Nous sommes là ! Nous allons te libérer en un clin d'œil !

En arrivant devant la porte d'entrée, ils s'aperçurent que quelque chose n'allait pas : un long BÂTON bloquait la poignée, empêchant l'ouverture de la porte. Paméla se précipita pour enlever le bâton. Lorsqu'elle ouvrit la porte, Violet se jeta au cou de ses amies.

– Pam ! Paulina ! Comme je suis contente de vous voir ! Merci, les filles ! Je ne sais pas comment je me suis retrouvée enfermée ici, et sans vous...

Puis, elle remarqua du mouvement tout près. Elle leva les yeux, aperçut Vik et se dirigea vers lui, FURIBONDE.

– Tout ça, c'est ta faute ! Qu'est-ce que c'est que ces blagues ? D'abord, je reçois ton invitation à venir ici, puis tu es introuvable ! glapit Violet.

Vik la regarda les yeux ÉCARQUILLÉS.

– Mon invitation ? Quelle invitation ? fit-il.

– Pas la peine de faire semblant ! rétorqua-t-elle. L'invitation écrite dans ce mot, dit-elle en lui agitant le billet sous le museau.

Vik prit le papier et le regarda.

– Ce n'est pas moi qui ai écrit ce BILLET !

– Mais, qui alors ? demandèrent les filles.

– Je n'en sais rien… répondit Vik. Mais l'important, c'est que nous ayons pu te libérer à temps pour…

– *L'audition !!!* se souvint tout à coup la jeune fille. Je n'y serai jamais à temps !

– Mais si ! Je vais t'y emmener en quatre-quatre ! lui répondit Paméla en lui adressant un CLIN D'ŒIL.

TOUT EST BIEN QUI FINIT BIEN !

Violet arriva juste à temps pour sa seconde audition. Nicky et Colette la rejoignirent à l'entrée de l'amphithéâtre et se **pressèrent** autour d'elle.

– Vivi, s'exclama Colette. Comme c'est bon de te revoir ! Et maintenant, essaie de te concentrer et ne pense plus qu'à jouer ! Tu es une Juliette fantastique et tu vas nous le montrer !

Violet, tout émue, entra dans l'amphithéâtre alors que les professeurs s'apprêtaient à confier le rôle à Vanilla, la seule à s'être présentée. Vanilla BLÊMIT, mais fit comme si de rien n'était pour ne pas se trahir. Cependant, elle était si abasourdie et EMBROUILLÉE de voir Violet qu'elle joua très mal et oublia de nombreuses répliques.

Violet, en revanche, interpréta son rôle encore mieux que la première fois : pendant tout le temps passé à l'observatoire, elle n'avait pas pensé à l'audition, ce qui l'avait rendue plus *sereine* !

À la fin, les professeurs n'avaient plus aucun doute : le rôle de Juliette revenait sans hésiter à Violet !

Les semaines qui suivirent furent consacrées à préparer le plateau et à réaliser les costumes de scène de tous les acteurs.

Tous les étudiants participèrent : certains PEIGNIRENT les décors, d'autres s'occupèrent de l'accompagnement musical, d'autres encore des éclairages.

Finalement, tous les garçons et les filles du collège *contribuèrent* à la réussite du spectacle.

Même les Vanilla Girls s'impliquèrent. On les avait chargées de préparer des ⓟⓡⓞ-ⓖⓡⓐⓜⓜⓔⓢ avec un bref résumé de l'histoire de Roméo et Juliette pour les spectateurs qui ne la connaissaient pas…

Évidemment, ce n'était pas vraiment la participation dont Vanilla avait rêvé, mais elle se mit au travail quand même !

Roméo et Juliette
de William Shakespeare

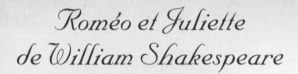

Cette tragédie se passe à Vérone à la fin du XVIe siècle. Roméo et Juliette sont deux jeunes gens qui appartiennent à des familles ennemies. Sans se connaître l'un l'autre, ils se rencontrent à un bal masqué et tombent éperdument amoureux. Durant la nuit, romantiquement éclairée par la lune, alors que Juliette se tient au balcon de sa chambre, Roméo lui déclare sa passion. Ils ont découvert quelles sont leurs familles et comprennent que personne n'approuvera jamais leur amour. Tous deux décident alors de se marier en secret, avec l'aide de quelques amis. Mais leur geste n'apporte que des ennuis, et Roméo et Juliette devront finalement affronter un douloureux destin.

BRAVOOO!
Biiiis!

Enfin arriva le soir de la représentation. L'amphithéâtre était rempli de spectateurs. Violet chercha du **REGARD** Colette, Paméla, Nicky et Paulina, qui étaient assises au premier rang, prêtes à lui faire un triomphe. Ses amies lui adressèrent mille et un signes d'encouragement.

_VAS-Y, VIOLET !
TU ES LA MEILLEURE !

Paméla sifflait et braillait ainsi pour encourager son amie.

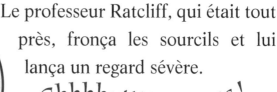
Le professeur Ratcliff, qui était tout près, fronça les sourcils et lui lança un regard sévère.

– Chhhhutttt, voyons !

À peine quelques minutes plus tard, les lumières s'éteignirent et le spectacle commença enfin.

Les acteurs s'en tiraient très bien. Un spectateur, qui avait du mal à contenir son émotion, lâcha soudain une blague… mais, dans le PUBLIC, personne ne s'en aperçut.

Lorsque Vik et Violet apparurent, l'atmosphère sur scène devint magique. Tous avaient l'impression d'avoir devant eux les vrais Roméo et Juliette qui s'aimaient et essayaient par tous les moyens de rester ensemble, même si c'était impossible.

À la fin, du public en liesse monta un tonnerre d'**APPLAUDISSEMENTS**, et les Téa Sisters s'embrassèrent, exultantes.

Même Vanilla finit par applaudir : elle était jalouse de Violet et aurait aimé recevoir ces applaudissements à sa place, mais force lui était d'admettre que Violet avait été vraiment bonne.

Les acteurs saluèrent en s'inclinant, tout émus.

Quel triomphe !

Aucun doute :

le théâtre a vraiment quelque chose de magique !

TABLE DES MATIÈRES

BON ANNIVERSAIRE, RAXFORD !   7

UNE DÉCISION IMPORTANTE   9

UNE ESPIONNE MALADROITE   14

UNE HISTOIRE ROMANTIQUE...   18

LE DÉBUT DES AUDITIONS !   25

COMMENT ÇA,
« PLUS DISPONIBLE » ?!   30

AU CLUB DES LÉZARDS VERTS   36

ENFIN, LE GRAND JOUR !   42

DE L'EMBROUILLE DANS L'AIR !   48

QUI L'EÛT CRU ?   51

UNE BIEN MAUVAISE SURPRISE   55

LA FIÈVRE DE LA SCÈNE   61

UNE AUDITION DE RÊVE !   65

SUSPENSE !   70

UN ROMÉO INATTENDU   76

UNE MYSTÉRIEUSE INVITATION   79

ENNUIS EN VUE !   85

UN PLAN PARFAIT !   91

À LA RECHERCHE DE VIOLET !   95

UN TIGRE EN CAGE !   99

UN S.O.S. LUMINEUX !   102

ENFIN LIBRE !   107

TOUT EST BIEN QUI FINIT BIEN !   111

BRAVOOO ! BIIIS !   115

Geronimo Stilton

DANS LA MÊME COLLECTION

1. Le Sourire de Mona Sourisa
2. Le Galion des chats pirates
3. Un sorbet aux mouches pour monsieur le Comte
4. Le Mystérieux Manuscrit de Nostraratus
5. Un grand cappuccino pour Geronimo
6. Le Fantôme du métro
7. Mon nom est Stilton, Geronimo Stilton
8. Le Mystère de l'œil d'émeraude
9. Quatre Souris dans la Jungle-Noire
10. Bienvenue à Castel Radin
11. Bas les pattes, tête de reblochon !
12. L'amour, c'est comme le fromage...
13. Gare au yeti !
14. Le Mystère de la pyramide de fromage
15. Par mille mimolettes, j'ai gagné au Ratoloto !
16. Joyeux Noël, Stilton !
17. Le Secret de la famille Ténébrax
18. Un week-end d'enfer pour Geronimo
19. Le Mystère du trésor disparu
20. Drôles de vacances pour Geronimo
21. Un camping-car jaune fromage
22. Le Château de Moustimiaou
23. Le Bal des Ténébrax
24. Le Marathon du siècle
25. Le Temple du Rubis de feu
26. Le Championnat du monde de blagues
27. Des vacances de rêve à la pension Bellerate
28. Champion de foot !
29. Le Mystérieux Voleur de fromage
30. Comment devenir une super souris en quatre jours et demi
31. Un vrai gentilrat ne pue pas !
32. Quatre Souris au Far West
33. Ouille, ouille, ouille… quelle trouille !
34. Le karaté, c'est pas pour les ratés !
35. L'Île au trésor fantôme
36. Attention les moustaches… Sourigon arrive !
37. Au secours, Patty Spring débarque !
38. La Vallée des squelettes géants
39. Opération sauvetage
40. Retour à Castel Radin
41. Enquête dans les égouts puants
42. Mot de passe : Tiramisu
43. Dur dur d'être une super souris !
44. Le Secret de la momie
45. Qui a volé le diamant géant ?
46. À l'école du fromage
47. Un Noël assourissant !
48. Le Kilimandjaro, c'est pas pour les zéros !
49. Panique au Grand Hôtel

50. Bizarres, bizarres, ces fromages!
51. Neige en juillet, moustaches
    gelées!
52. Camping aux chutes du Niagara
53. Agent secret Zéro Zéro K
54. Le Secret du lac disparu
55. Kidnapping chez les Ténébrax!
56. Gare au calamar!
57. Le vélo, c'est pas pour les
    ramollos!
58. Expédition dans les collines
    Noires
59. Bienvenue chez les Ténébrax!
60. La Nouvelle Star de Sourisia
61. Une pêche extraordinaire!
62. Jeu de piste à Venise
63. Piège au parc des mystères

- Hors-série
  Le Voyage dans le temps (tome I)
  Le Voyage dans le temps (tome II)
  Le Voyage dans le temps (tome III)
  Le Royaume de la Fantaisie
  Le Royaume du Bonheur
  Le Royaume de la Magie
  Le Royaume des Dragons
  Le Royaume des Elfes
  Le Secret du courage
  Énigme aux jeux Olympiques

- Téa Sisters
  Le Code du dragon
  Le Mystère de la montagne
  rouge

La Cité secrète
Mystère à Paris
Le Vaisseau fantôme
New York New York!
Le Trésor sous la glace
Destination étoiles
La Disparue du clan MacMouse
Le Secret des marionnettes
japonaises
La Piste du scarabée bleu
L'Émeraude du prince indien
Vol dans l'Orient-Express

- Le Collège de Raxford
  Téa Sisters contre Vanilla Girls
  Le Journal intime de Colette
  Vent de panique à Raxford
  Les Reines de la danse
  Un projet top secret!
  Cinq amies pour un spectacle
  Rock à Raxford!
  L'Invitée mystérieuse
  Une lettre d'amour bien
  mystérieuse
  Une princesse sur la glace

- Les classiques racontés par
  Geronimo Stilton
  Robin des Bois
  L'Île au trésor
  Le Livre de la jungle
  Peter Pan
  Alice au pays des merveilles
  Robinson Crusoé

ÎLE
DES BALEINES

L'île des Baleines

1. Pic du Faucon

2. Observatoire astronomique

3. Mont Ébouleux

4. Installations photovoltaïques pour l'énergie solaire

5. Plaine du Bouc

6. Pointe Ventue

7. Plage des Tortues

8. Plage Plageuse

9. Collège de Raxford

10. Rivière Bernicle

11. *L'Antique Cancoillotterie,* restaurant et siège des *Messageries Ratiques — Transports maritimes*

12. Port

13. Maison des Calamars

14. *Zanzibazar*

15. Baie des Papillons

16. Pointe de la Moule

17. Rocher du Phare

18. Rochers du Cormoran

19. Forêt des Rossignols

20. Villa Marée, laboratoire de biologie marine

21. Forêt des Faucons

22. Grotte du Vent

23. Grotte du Phoque

24. Récif des Mouettes

25. Plage des Ânons

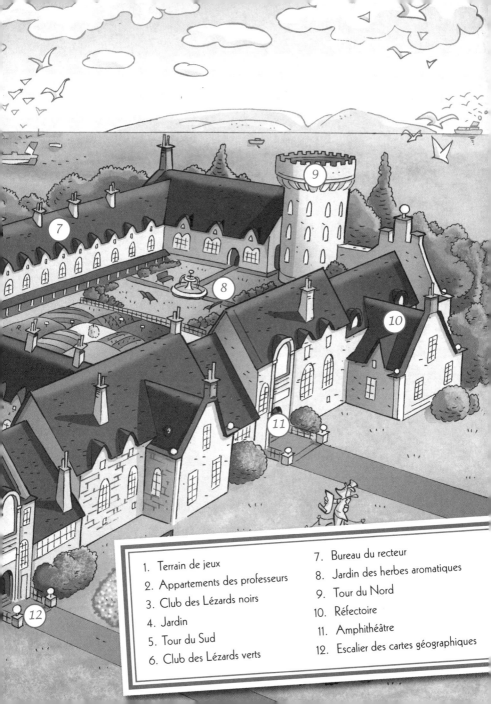

1. Terrain de jeux
2. Appartements des professeurs
3. Club des Lézards noirs
4. Jardin
5. Tour du Sud
6. Club des Lézards verts
7. Bureau du recteur
8. Jardin des herbes aromatiques
9. Tour du Nord
10. Réfectoire
11. Amphithéâtre
12. Escalier des cartes géographiques